AF275349

carpenoctem // *narrativa*

21

Nelson Galtero
Barchetta
**El arte de la
desobediencia**

carpenoctem, 2024

Nelson Galtero Barchetta
EL ARTE DE LA DESOBEDIENCIA

Primera edición: septiembre de 2024

Del texto:
©Nelson Galtero Barchetta

. De esta edición:
©Editorial Carpe Noctem, 2023
www.editorialcarpenoctem.es

Diseño de cubierta: Carlos Primo
Ilustración de cubierta: Aitor Rollán

ISBN-978-84-126154-8-7
Impreso en España
Depósito Legal: M-17229-2024

En Gotemburgo una psicóloga le escribió a un amigo preguntándole por la salud de su madre y el amigo le respondió con una foto de su pene.

En Basilea un empleado bancario atravesó a una paloma con una ballesta para que su hermano viese que haría cualquier cosa por él.

En Texas un granjero agitó un aerosol y escribió «Te amo» en una de las vacas de su exmujer.

En São Paulo una señora se grabó metiéndose una banana en la boca y le mandó el vídeo a su sobrino preguntándole cuándo cumplía años.

En Tianjin una estudiante de enfermería le mandó a su novio una foto de un tampón usado para que entendiera que no podía engañarlo con nadie.

En Krasnoiarsk una pianista prendió fuego a un hámster y se lo envió a un admirador para advertirle de que era muy fogosa.

En Nairobi una kinesióloga enmarcó una foto del pene disfuncional de su marido y cada mañana actualizaba el número de polvos que le debía.

En Singapur una camarera se cortó los párpados para no perderse ni un segundo de la belleza de un chico que esa noche la dejó por otra.

En Khongor una agricultora se cortó un dedo en su boda y anunció que ya no iba a tener que masturbarse más.

En Trondheim un arquitecto se tragó un anillo de compromiso y fue a urgencias a que le hicieran una radiografía. Por la noche le dio la radiografía a su novia y le preguntó si quería casarse con él después de que cagase el anillo.

En Manila un panadero eyaculó dentro de su novia y la chica sintió algo en la vagina, se metió los dedos y sacó un anillo de compromiso lleno de semen.

En Sussex una abogada mató a un cerdo a machetazos delante de su novio y le dijo que con ella nunca pasaría hambre.

En Buenos Aires una chica organizó un robo con balas de fogueo para hacerle una broma a su novio y los amigos le dispararon con balas de verdad para hacer la broma más graciosa.

En Múnich un ingeniero drogó a una amiga y cuando la chica se despertó llevaba un vestido de novia y su amigo le estaba quitando las bragas.

En Miami una mujer le cogió el móvil a su hijo y le mandó a un compañerito una foto de su vagina y la tarifa: 50 dólares.

En Jerusalén una mujer hizo el amor con su novia y cuando terminaron le contó que debajo de la cama había un artefacto explosivo porque el peligro hacía que el amor fuera más intenso.

En Chandigarh un ferretero le disparó un dardo tranquilizante a un oso y después lo descuartizó con una motosierra para demostrarle a su novia que no tenía nada que temer.

Es decir, que no importaba lo tierno y sincero que fuese nuestro amor, siempre elegíamos el modo más estúpido y violento de expresarlo. Nos pasaba a todos, a cualquier edad. Niños empujando a niñas, quinceañeras hablando mal del vecino guapo, hombres cortándoles el paso a mujeres para invitarlas al cine, abuelas desheredando a sus hijos y dejándoselo todo a Brad Pitt.

No sabíamos demostrar nuestros sentimientos. Incluso los poetas querían hacer el amor por el culo. Estos arranques contradecían a nuestra ternura y sacudían a nuestras economías, porque había divorcios, suicidios y deudas incobrables.

Los problemas económicos los conocíamos, la novedad era el origen. Nos sorprendió tanto que necesitamos años para aceptarlo y entender que para controlar la economía primero teníamos que controlar nuestros sentimientos.

Entonces dimos un paso muy tímido: habilitar un teléfono de ayuda a la ciudadanía. La prueba piloto se puso en marcha, las líneas empezaron a sonar y cinco minutos después la centralita estaba colapsada. Todos querían saber cómo decir «te quiero», con qué palabras acompañar un regalo y por qué era tan importante disculparse. En el primer trimestre las denuncias por agresiones sexuales bajaron seis puntos y la economía reflejó cierta estabilidad.

Se creó entonces una subsecretaría que fue creciendo en presupuesto, áreas de competencia y personal, hasta convertirse en un ministerio independiente cuyo primer objetivo estaba claro: contratar una plantilla fija de funcionarios capaces de solucionar la atrofia emocional que padecíamos y que de un modo u otro siempre acababa golpeando a la economía.

Centraron la búsqueda en perfiles muy concretos de profesionales que llevaban siglos estudiando nuestro comportamiento, que sabían mejor que nadie que nuestras desgracias, con sus miles de millones de variaciones, eran causadas por apenas tres o cuatro deseos primitivos. Hablamos de dramaturgos, novelistas y guionistas de cine, hombres y mujeres capaces de entender y de ofrecer una alternativa a la pianista de Krasnoiarsk que había prendido fuego al hámster.

Una vez creado el equipo, el Ministerio se comprometió a enviarnos un guion diario, indicándonos qué hacer y qué decir en cada momento. Catorce meses después, el 3 de octubre de 2057, llegó el día que todos estábamos esperando. Muchos dijeron que ese fue el verdadero comienzo de la civilización, no cuando establecimos las bases de la justicia en Sumeria, ni cuando escribimos la primera frase en Egipto, ni cuando cosechamos el primer grano de arroz en China, sino cuando dejamos de mostrar el pene para responder a preguntas que nadie nos había hecho.

La gente estaba ilusionada. Podías verla paseando el perro mientras estudiaba su guion y repasaba las palabras que le diría al hombre o a la mujer de su vida.

Gradualmente, los guionistas lograron que la economía se estabilizara y que empezáramos a hablar con cierto encanto, que nos comprásemos ropa de calidad y que aprendiéramos a distinguir entre un saludo amistoso y una propuesta de sexo oral. Gracias a ellos convertimos a una economía sádica y descontrolada en un caballo manso dispuesto a llevarnos a donde le señalásemos con el dedo.

Así fue, de manera muy resumida, la refundación del capitalismo en su versión más romántica. Así fue como el disgusto de no saber expresarnos fue reemplazado por el orgullo de leer con nuestra propia voz frases inolvidables.

Los guiones se escribían de día y se enviaban a las casas por la noche. Se distribuían por unos tubos neumáticos de propulsión ultrarrápida y llegaban impresos en papel, para no correr el riesgo de que un hombre perdiera el móvil y se pusiera a hablar por su cuenta. Era paternalismo puro, pero también era una solución a la barbarie.

Los guiones llevaban el sello del Ministerio y su categoría era superior a la de cualquier otro documento. Por eso era obligatorio llevarlos a todas partes. Gracias a ellos, las autoridades no sólo podían ver nuestro nombre, número de identidad y foto, sino también si estábamos o no en el lugar correcto, a la hora acordada y haciendo lo que teníamos que hacer. Pero es mentira que el gobierno limitara nuestras libertades. Si los zapatos se te desataban, podías atártelos; si tenías frío, podías ponerte una bufanda. El gobierno sólo se encargaba de proteger la economía a través de un ministerio sin el cual habríamos seguido viviendo como animales. Hasta dejamos de discutir, o discutíamos sonriendo, porque sabíamos que si un guionista había tenido la idea de hacernos levantar la voz, al día siguiente nos daría la oportunidad de disculparnos. La vida dramática y estúpida que llevábamos se convirtió en una comedia.

Es cierto que la alegría no llegaba a todas partes. Había personas amables recibiendo guiones con insultos y la obligación de leerlos tal cual estaban escritos, porque si no la economía podía volver al desenfreno y la sociedad vivir otros mil años de amargura.

Y había un problema añadido: a la mayoría nunca le tocaba hacer nada interesante. Este era un hecho ampliamente reconocido, pero siempre dejando claro que era mejor fingir un infarto que sufrir uno de verdad.

Otra cosa positiva era la esperanza de recibir un buen guion. Todos creíamos que algún día nos tocaría ser protagonistas de alguna historia, por eso cada noche esperábamos encontrarnos algo, aunque sólo fuese una página que nos hiciera brillar un poco al día siguiente. En este sentido, los guionistas habían conseguido que las personas estuviésemos enganchadas, no a una serie de televisión, sino a nuestras propias vidas. La pregunta no era qué pasará con mi detective favorito de Ohio. No, la pregunta era qué pasará conmigo. Que le dieran por el culo a Ohio.

Una de esas personas interesadas en su propia vida era Berta Valero. A las 20:00h recibía el guion y a las 20:01h ya estaba leyéndoselo. Para Berta abrir el guion era reencontrarse con sus esperanzas, y cuando llegaba a la última página sentía que la habían vuelto a timar. Nunca le daban nada bueno. Siempre era todo triste y aburrido. Incluso actuando bien era imposible hacer algo decente con esa bazofia. Sólo le hacían comprar whisky, cuchillos de cocina y cosas que no quería. No la trataban como a una mujer, la trataban como a una consumidora.

Dijo una frase larga, pero sólo se entendió la última palabra:

—… capullos.

Berta llevaba más de ciento cuarenta mil páginas obedeciendo. No se saltaba ni una coma. Estaba harta. Se acercó una mano a la boca y se la empezó a besar. Incluso entrecerraba los ojos, como había visto que hacían las mujeres apasionadas.

Cada noche, cuando veía que estaba llegando al final del guion y no aparecía lo que buscaba, se deprimía tanto que leía las últimas líneas esperando al menos un suicidio. Si se negaban a darle una vida, que por lo menos le dieran la muerte. Algo que puede sonar infantil: si no me dan lo que quiero dejo de respirar. Pero Berta no era infantil, simplemente pensaba que si la vida era una sucesión de escenas obligatorias, la muerte era la última, y por lo tanto era su liberación.

Desgraciadamente el Ministerio buscaba justo lo contrario: la mayor cantidad de gente viva consumiendo. Por eso los suicidios eran tan raros. Sólo llegaban unos pocos en septiembre, que era el mes en el que había menos muertes y la industria funeraria se reunía con el Ministerio y acordaban una serie de suicidios puntuales para revitalizar al sector. La ley establecía que el Estado sólo podía seleccionar a personas que estuvieran previamente decepcionadas con la vida —como Berta Valero— y que al oír la palabra «suicidio» se alegraran.

Los padres de Berta fueron seleccionados en septiembre, aunque ninguno estaba ni remotamente deprimido. Al revés, eran felices con su niña. Pero una noche abrieron los guiones y se encontraron con la novedad de que tenían que pegarse un tiro, justo cuando Berta acababa de cumplir tres años.

Ahora Berta tenía veintidós y esperaba recibir el mismo guion que sus padres. Después de todo, ella estaba realmente decepcionada con la vida. Le hacían un favor matándola, ya que no la dejaban hacerlo sola. El Ministerio había prohibido el suicidio. Había prohibido todo lo que no saliera en los guiones. Decían que saltarse una palabra podía provocar un accidente. Por lo tanto, suicidarse, podía provocar el hundimiento de los mercados financieros. Lo decían para asustar a los más tontos, pero por alguna razón los más listos también obedecían.

Berta no hacía más que trabajar y comprar cosas que no necesitaba. Era asqueroso: si veías una falta de ortografía en el guion podías denunciar al Ministerio, pero si veías que toda tu vida era una enorme falta de ortografía no podías hacer nada.

Se metió en la cama pensando que con un poco de suerte le daba una embolia y se moría.

A las 07:00h sonó el despertador. Berta se levantó y se arregló. Después cogió el bolso, el guion y salió de casa. Hora de hacer el gilipollas. Dentro del ascensor se encontró con una vecina que también iba con su guion. Esa mañana le tocaba empezar a Berta.

                    BERTA
¿Qué tal?

                    CARMEN
Pues muy bien. ¿Tú qué, al
trabajo?

                    BERTA
Sí, hija, sí.

CARMEN
Estás muy guapa.

BERTA
Gracias. Me encantan tus
zapatos, ¿de dónde son?

CARMEN
¿Estos? Del Zara.

BERTA
Chulísimos.

CARMEN
29,90 €. Hay mil colores.
Píllate unos.

BERTA
Pues igual sí, ojo.

Berta salió a la calle y se encontró más de lo mismo: transeúntes con el guion en la cara, levantando la vista sólo para no chocarse. No miraban si estaba nublado, no miraban si había gente guapa, no miraban nada, estaban muertos.

Un poco más adelante había un papel tirado en la acera. Nadie lo recogía, y su guion tampoco decía que tuviera que hacerlo. Pero igualmente se detuvo junto al papel, miró a los lados y pensó que llevaba miles de páginas obedeciendo, ¿y para qué? Para nada. Así que estiró la mano, lo recogió y lo tiró a una papelera. Después siguió caminando y mirando disimuladamente hacia atrás, esperando ver un accidente que por supuesto nunca hubo. Era todo mentira.

En la esquina del trabajo había una señora tumbada en la acera. Estaba fingiendo un desmayo con los ojos abiertos y el guion en una mano. Un enfermero bajó de una ambulancia y el conductor le dijo Juan, no te olvides de tal cosa. Juan era guapo. Le habría gustado desmayarse a ella también, pero siguió caminando porque una cosa era recoger un papel y otra hacerle perder tiempo a un tío que seguramente tenía un guion mucho mejor que el suyo.

Siguió caminando y se metió en un edificio. Llamó al ascensor, se subió y apretó el botón que ponía «5». Las puertas se cerraron, Berta le echó un ojo al guion y las puertas se abrieron. Se bajó y entró a la oficina leyendo en voz alta:

BERTA
Feliz martes, gente guapa.

UNA COMPAÑERA
Feliz martes, nena.

Todo el mundo tenía un guion tapándole la cara. Nadie quería problemas. Le habría gustado decir: «Feliz guapa, gente martes», pero ella tampoco quería problemas. Se limitó a atender llamadas, responder mails y oír a un compañero contar un chiste malísimo. En su guion ponía que tenía que reírse. Y así lo hizo.

BERTA
¡Ay, me parto!

Esa era la gran vida que nos habían vendido. El Ministerio y los guionistas podían irse bien a la mierda. Y nosotros también, por habernos creído que esos hijos de puta iban a ser nuestros salvadores.

A las 18:00h recogió sus cosas y bajó en ascensor. Salió a la calle con el guion en la mano y empezó a caminar hacia su casa. El sol estaba poniéndose detrás de ella, pero no lo miró. Después se arrepintió y se dio la vuelta cuando ya no había nada que ver. El sol se había ido y sólo quedaba un perro siguiéndola. Berta siguió caminando. Revisó las últimas páginas del guion y no salía ningún perro. Aceleró el paso y el perro la alcanzó. Empezó a correr y el perro feliz de poder jugar con alguien.

Cuando llegó a su casa intentó recuperar el aliento. Los guionistas no la sacaban nunca a correr. Miró al perro y vio que no era agresivo. Dio unos pasos hacia atrás para despistarlo. Después se acercó al portal, sacó la llave y abrió y cerró tan rápido que logró dejarlo solo del otro lado. Lo miró a través del cristal de la puerta. El perro puso cara de tristeza y Berta le respondió moviendo los labios: «Que te follen».

Subió a casa, se asomó por el balcón y ahí seguía. No movía la cola ni ladraba. No tuvo miedo, pero se preguntó si no debería tenerlo. Se acordó del papel que había recogido de la calle y pensó que un perro siguiéndola podía ser el primer síntoma de un mundo que se iba a la mierda. Se pegó una ducha para olvidarse del tema.

A las 20:00h llegó el guion del día siguiente, y a las 20:01h ya estaba leyéndolo y diciendo que no con la cabeza. Siempre la misma mierda: comprar whisky, comprar más cuchillos de cocina y poco más. Ningún viaje, ningún tattoo, y por supuesto, ningún perro.

Oyó ladridos en la calle y se asomó a gritarle:

—¡Shhh!

El perro se calló y a Berta se le ocurrió tirarse. Si calculaba bien podía matarlo y reestablecer la armonía que había alterado al recoger el papel. Así era Berta: prefería morirse antes que molestar a alguien. Por eso no entendía por qué no paraban de enviarle esos guiones de mierda. Se tiró en el sofá a llamar hijos de puta a los guionistas.

Se levantó y buscó uno de los miles de cuchillos de cocina que le habían obligado a comprar. Lo cogió con la mano derecha y apoyó su filo en la muñeca izquierda. No se estaba suicidando, estaba ensayando. Tenía que hacerlo bien. Para empezar, cortarse las venas a lo largo, nunca en perpendicular. Con las venas cortadas le bajaría la presión, se le cerrarían los ojos y se liberaría para siempre de levantarse a las 07:00h, de ir al trabajo y de tener que gastarse el sueldo en más cuchillos de cocina. Tenía como cincuenta. ¿Para qué quería tantos?

Se lavó los dientes y se metió en la cama. Oyó al perro ladrando en la calle, pero le dio igual, porque el suicidio cotidiano de taparse con el nórdico también le bajó la presión, le cerró los ojos y la libró del mundo por unas horas.

El despertador sonó por segunda vez a las 07:05h. Berta se levantó y se vistió mirándose la marca del cuchillo en la muñeca izquierda. Le hacía más ilusión cortarse las venas que ir al trabajo.

Bajó a la calle y el perro del día anterior estaba esperándola. Se puso de pie, se acercó a saludarla y Berta hizo el esfuerzo de quererlo. Pero no pudo, no lo quería. Lo esquivó y siguió caminando. El perro iba tras ella. De vez en cuando hacía pis en un árbol y la alcanzaba al trote.

Berta siguió caminando y se fijó en unos señores que desayunaban en una terraza. No levantaban la vista de sus guiones. Pasaban página a la vez para reírse y apenarse al mismo tiempo. El paraíso que creamos era este infierno de cafés descafeinados, de conversaciones sin conversación y de amigos sin amistad. Los guionistas nos habían convertido en sus esclavos, y la esclava que más ganas tenía de mandarlos a la mierda era Berta, porque sabía que la única manera de joder a un amo era muriéndose antes de que el cabrón recuperase lo que había invertido en ella.

—Aquí —dijo señalando el suelo.

El perro se tumbó y Berta siguió sola hasta su edificio. Se metió en el ascensor, entró a la oficina y leyó en voz alta:

> **BERTA**
> Feliz martes, gente guapa.

Alguien tosió.

> **UNA COMPAÑERA**
> Feliz miércoles, nena.

Porque era miércoles, no martes. Un vigilante se le acercó y le dijo:

> **VIGILANTE**
> Buenos días.

Buenos días era lo único que podían decir fuera del guion. Como mucho podían modular la voz intentando que sonara a presta más atención, como en este caso. Berta no respondió, pero lo miró mal, ya que las miradas no estaban legisladas y aún gozaban de cierta libertad. Berta se puso a beber su café descafeinado y a trabajar sin trabajar.

A las 18:00h salió de la oficina y se encontró al perro moviendo la cola. Pasó a su lado con cuidado de no tocarlo. Le daba rabia que la quisiera. Pero en el fondo le gustaba que la acosara. Era como un pretendiente pesado. Caminó un poco y se paró de golpe: el perro se paró a su lado. La gente los miraba porque en los guiones nunca salían perros, eran incapaces de entender el riesgo que suponía no hacer exactamente lo que estaba escrito.

Berta siguió caminando con el perro detrás, y cuando llegó al portal le dijo:

—Aquí —señalando otra vez el suelo.

Esta vez el perro no le hizo caso. Berta sacó la llave, abrió el portal y entró muy rápido. Pero algo debió fallar, o por lo menos debió retrasarse, porque cuando se dio la vuelta el perro estaba tan adentro como ella.

CARMEN
Buenas tardes.

BERTA
Buenas tardes.

El perro se acercó a Carmen y olió una tortilla de patatas en su falda.

BERTA
Parece que va a llover.

CARMEN
Eso he oído.

El perro olisqueó los pies de Carmen, levantó una patita y Berta le dijo «NO». Lo cogió en brazos y se lo llevó.

CARMEN
¿Al final te has pillado los zapatos del Zara?

BERTA
Ostras. Voy a comprármelos ahora mismo.

Berta se despidió mientras cerraba la puerta del ascensor. Carmen se quedó sola, buscando el móvil para informar a la policía.

Berta cerró la puerta con llave y con el perro

dentro. Estuvo un rato mirándolo sin atreverse a tocarlo. Y si el perro se le acercaba ella retrocedía.

A las 20:00h llegó el guion del día siguiente. El perro lo olió, movió la cola y le empezó a ladrar. El gilipollas. Y ella también, ¿en qué estaba pensando? Meter a un perro en su casa. Estaba loca. Volvió a cogerlo en brazos, abrió la puerta y salió al rellano. Llamó al ascensor y mientras lo esperaba sintió la respiración del animal en sus manos. Abrió la puerta del ascensor y bajó mirándolo de reojo. Salieron del ascensor, Berta abrió la puerta de la calle y lo echó.

Subió a casa y cuando entró vio que se había puesto a llover. Increíble: lo que le faltaba para sentirse aún más culpable. Se estaba portando como esas bipolares que justo antes de cortarse las venas descubren un vínculo hacia la vida que odian.

Se lavó las manos intentando quitarse la culpa. Y se acordó del guion del día siguiente. No se lo había leído. Como si hubiese algo que leer, ¿sabes? Todos iguales. Prefirió meterse en la cocina y hacerse la cena. Tomarse un vaso de agua. Lo que viene siendo la típica fiesta loca de miércoles por la noche.

Estaba echándole sal a un tomate y oyendo las gotas de lluvia estamparse contra la ventana. Intentaba no pensar en el perro, y lo estaba consiguiendo, hasta que vio el fogonazo de un relámpago. Algunos segundos después, cuando se oyó la descarga del trueno, la cocina se quedó vacía. Y la casa igual. Berta corría escaleras abajo, intentando no tropezarse. Abrió la puerta de la calle y vio al perro mojándose en el mismo sitio en el que lo había dejado.

—Venga, pasa, ¿qué quieres? ¿Una puta invitación? ¡Pasa, hostia!

El perro pasó lentamente y se sacudió la lluvia delante de Berta. Después le lamió la sal y el tomate de los dedos.

Subieron en ascensor y salieron juntos. Berta le abrió la puerta de casa. El perro entró temblando de frío. O tal vez temblaba porque estaba mojando el suelo. No se atrevía a ir más allá de la entrada. Quizás el dueño anterior le pegaba cuando entraba mojado a casa. Berta le secó las patitas y el cuerpo con una toalla. Después limpió las pisadas con una fregona. Cuando terminó se sentó en el suelo a jugar con él. Era un perro muy bueno. Berta se dio cuenta de que quitarle el miedo al perro era quitárselo a sí misma. Porque Berta tenía miedo. Llevaba meses recibiendo guiones repetitivos, y todo el mundo sabía que cuando los guionistas se hartaban de una persona le dedicaban cada vez menos tiempo y terminaban obligándola a suicidarse. No es que eso le importase a Berta. Era más bien una cuestión de dignidad. Una cosa es decir que la vida es una mierda, y otra que la vida te diga que la mierda eres tú.

Algunas horas después el perro movía la cola cuando lo mirabas. Y si le dabas un dedo te lo mordía. Tal vez tiene hambre, pensó Berta. Se fue a la cocina, cogió su cena y se la puso en un bol. Se sentó a su lado para verlo comer. El perro sólo paraba para mirarla a los ojos. Era increíble, la cosa más tonta que hacía era mejor que cualquier guion.

Entonces llamaron a la puerta y Berta se puso de pie. Lo sabía, casi estaba esperándolos. Cogió al perro y lo escondió en un armario. Le pidió que no abriera la boca y antes de cerrar le dijo:

—Guapo.

Abrió la puerta y eran dos policías.

POLICÍAS
Buenas noches.

BERTA

Buenas noches.

Se apartó para dejarlos pasar. Los policías revisaron la entrada y no encontraron pelos de animal, pero vieron que el suelo estaba húmedo y había una fregona. Berta puso cara de ¿Hola? ¿No veis que está puto diluviando?, y después cara de ¿Hola? ¿No veis que vosotros mismos me estáis dejando la puta entrada hecha un asco? Volvió a pasar la fregona intentando hacerlos sentir mal.

Los policías esperaron a que les diera permiso para inspeccionar la casa. Berta les indicó el camino a la cocina y vio el bol del perro en el suelo del salón. Lo cogió con una mano y con la otra empezó a llevarse la comida a la boca. Un policía abrió su guion. Leyó la última página y le cambió la cara. No se esperaba encontrar eso. Necesitó unos segundos para recuperarse y levantar la vista. El otro se puso a ladrar para ver si el perro se delataba a sí mismo, pero el que había leído la última página levantó la mano y el otro paró.

POLICÍAS

Buenas noches.

Se lo dijeron con el máximo respeto, mientras se iban y se disculpaban con gestos dramáticos por estar pisando el suelo fregado.

Berta cerró la puerta y oyó el ruido del ascensor abriéndose primero y llevándoselos después. No entendía por qué la habían perdonado. Abrió el armario y vio al perro mordiendo un gorro de lana. Volvieron al salón para que terminara de cenar. Se le había secado el pelo y estaba más guapo que nunca. Durante horas estuvo jugando y hablando con él. Entonces vio que era muy tarde como para ponerse a estudiar el guion del día siguiente. Podía leerlo mañana.

Se lavaba los dientes con una mano y acariciaba al perro con la otra. Cuando se fue a dormir lo vio tumbarse junto a su cama. Si de repente lo miraba él levantaba la cabeza y también la miraba. Le dio las buenas noches y apagó la luz sonriendo.

A las 07:00h sonó el despertador. El perro no estaba a su lado. Se levantó y lo fue a buscar. Era agradable tener un animal en la casa. Antes de verlo le dio los buenos días con mucha ternura. Entonces sus ojos vieron la cabeza del animal sacudiéndose y la mandíbula desgarrándolo una y otra vez. Berta se le tiró encima, intentó abrirle la boca y sacárselo, pero el idiota creía que estaban jugando y no lo soltaba. Era el guion: el perro se estaba comiendo el guion. Era la puta peor excusa del mundo hecha realidad. Cuando por fin logró quitárselo sólo quedaban frases sueltas:

```
Buenas tard
```

Otra:

```
Feliz jueve
```

Se encontraba con Carmen y le decía:

```
Me gusta tu bu
```
En el suelo estaba la última página. Berta y el perro la cogieron a la vez y tironearon hasta quedarse cada uno con una mitad. La de Berta decía:

```
      21. CASA — NOCH
Berta coge un cuchillo, s
rando en la bañera. A con
se corta las venas y muer
```

Estuvo un rato sin respirar. Volvió a leer su parte y a entender lo mismo que la primera vez. Intentando no toser, tosió como si fuera a morirse. El perro aprovechó el despiste para robarle su parte y comérsela. Era el suicidio que tanto quería.

Por un momento se olvidó del perro. Fue a la bañera y se metió dentro. Hizo el gesto de cortarse las venas con el canto de una mano, después las otras venas con el canto de la otra mano, siempre a lo largo, nunca perpendicular.

Salió de la bañera y miró la hora. Le quedaba medio día de vida. La mente le iba tan rápido que sin proponérselo entendió por qué los policías la habían perdonado. La secuencia del suicidio era la número 21, lo que significaba que antes había otras 20. Volvió a mirar la hora y se arregló para ir al trabajo. Tenía que salir todo perfecto. El problema era que no sabía qué quería decir con todo perfecto. ¿Tenía que hacer lo mismo que el día anterior? La otra opción era quedarse en casa y suicidarse tranquilamente por la noche. Pero si alguien notaba su ausencia la iría a buscar y le pediría explicaciones, y al no poder dárselas la detendrían y perdería la oportunidad que tanto había esperado. No, iba a tener que ir al trabajo, pasar desapercibida y volver a casa para cortarse las venas con cualquiera de esos cuchillos absurdos que de pronto tenían sentido.

Se subió al ascensor con unos papeles en blanco que simulaban ser un guion. Tenía que ser como las demás personas. Aunque con ese perro mirándola iba a ser muy difícil. Al salir del ascensor se encontró con Carmen.

CARMEN
Buenos días.

Berta miró sus papeles en blanco y dijo:

BERTA
Me gusta tu bufanda.

Carmen se la quedó mirando como si esa no fuera la frase que tenía que decir. Y como Berta no reaccionaba le dijo:

—¿Se puede saber por qué dices eso, cuando aquí pone que me tienes que decir «Buenos días»?

Entonces Berta le dijo:

—Mira, ¿sabes qué? Vete a la mierda —porque era obvio que Carmen la había denunciado.

Berta salió a la calle arrepentida de haberla mandado a la mierda. Eso no era pasar desapercibida. Eso era buscarse más problemas. Intentó espantar al perro, convencerlo de que se fuera, no quería que le jodiese los planes. Y veinte minutos después llegaron juntos al trabajo.

—Aquí —le dijo Berta muy seria.

El perro se tumbó y Berta entró sola al edificio. Se subió al ascensor, apretó el botón que ponía «5» y pensó que igual no tendría que haber ido. Las puertas se cerraron y sintió que tendría que haberse quedado en casa afilando los cuchillos. Salió del ascensor acariciándose las muñecas. Entró a la oficina y fingió estar súper segura de su texto:

BERTA
Feliz jueves, gente guapa.

UNA COMPAÑERA
Feliz jueves, nena.

Colgó el abrigo en su sitio y fue a la cocina a prepararse el descafeinado de cada día. En la encimera había paninis. Llevaba ciento cuarenta mil páginas de vida y en ninguna le habían dado la posibilidad de comerse un panini. Le parecía una estupidez morirse sin probar uno, pero le parecía una estupidez aún mayor echarlo todo a perder por semejante tontería. Berta aún pensaba que recoger un papel de la calle, adoptar un perro o probar un panini sin la autorización del Ministerio eran meterse en problemas.

Lo que no le parecía un problema, sin embargo, era dejar a su perro solo en la calle. No era consciente de lo que pueden llegar a sufrir estos animales cuando los dejamos solos. El suyo estaba sufriendo tanto que se puso de pie, caminó con sus cuatro patitas y olisqueó el portal por el que había entrado su persona favorita del mundo.

Berta estaba sentada en su sitio pensando que tarde o temprano la detendrían por haber insultado a Carmen. Estaba tan preocupada que no vio al perro entrando a la oficina. El pobre buscaba a Berta, pero también buscaba los paninis. Y los encontró. Subió las patas delanteras a la encimera, mordió la punta de la bandeja y la tiró al suelo. Todos los empleados oyeron el ruido, pero ninguno se atrevió a quitar la vista de su guion. Excepto Berta, que levantó la cabeza y lo vio. El perro también la vio, así que empezó a mover la cola y le ladró como diciendo hay paninis. Berta siguió bebiendo su descafeinado. El vigilante entró a la cocina, cogió al perro en brazos y se lo mostró al personal:

VIGILANTE
Buenos días.

Hubo un silencio en el que nadie lo reclamó, así que el vigilante se fue con él a cuestas. Berta no dijo nada. Por una vez que le daban un papel que le gustaba, que la hacían protagonista de algo, no quería cagarla. Tampoco quería que el perro pensara que no lo quería. No sabía qué hacer. La duda le hizo un nudo en la garganta por el que apenas le entraba el aire. Instintivamente tragó saliva, y ese pequeño error lo cambió todo, porque la saliva se le metió por el agujero equivocado y empezó a toser. Cada tosido era más espantoso que el anterior. Intentaba cerrar la boca y eso enfurecía aún más a la tos. De pronto estaba protagonizando una escena ridícula. Sus compañeros la miraban mal porque nada de eso aparecía en sus guiones. Los estaba poniendo en peligro. Todos la odiaron y Berta pudo sentirlo. Así que se levantó, cogió su abrigo y salió corriendo y tosiendo. Ahora sus compañeros también la denunciarían.

Un compañero, sin embargo, pensó que Berta podía estar interpretando su papel correctamente, pero de forma alternativa, y buscando una prueba en su favor encontró justo lo contrario. La evidencia de su maldad y la comisión del peor de los delitos: Berta había salido a la calle con un guion en blanco. El chico lo levantó para que todos fueran testigos de lo increíble.

Berta bajó las escaleras corriendo y no se tranquilizó hasta llegar a la calle y ver a su perro feliz, corriendo hacia ella. Entonces oyó a sus compañeros gritando desde el quinto piso:

COMPAÑEROS
¡Buenos días!

Intentaban decirle al vigilante que la detuviera. El vigilante no tuvo más remedio que salir tras ella. Era obvio que no iba a alcanzarla, pero entre sus tareas estaba la de intentar cosas y fracasar. Así que corrió sin ganas. Un poco más adelante vio a Juan, el enfermero del otro día, y le gritó «¡Buenos días!», como intentándole decir que le bloqueara el paso a Berta. Juan se puso tan nervioso que en lugar de pararla le dio su botella de agua. Berta cogió la botella y siguió corriendo como si todos los policías, todos los vigilantes y todos los oficinistas del mundo la estuvieran persiguiendo. Juan se giró para mirarla un poco más y sin querer le bloqueó el paso al vigilante, que aprovechó para detenerse, echarle la culpa y recobrar el aliento. Ya no podía dar un paso más. Igual que a Berta, a él tampoco lo sacaban a correr.

Berta se había librado del vigilante. Ahora sólo le quedaba librarse de los policías. Estaba contenta de haber visto a Juan de nuevo y de tener algo suyo en la mano. Entonces dejó de correr para no llamar la atención.

Le quedaban diez horas y treinta minutos de vida. Estaba muy preocupada, pero intentó ser feliz, disfrutar de su perro y del aire libre. Después iría a su casa y se metería en la bañera. Se acarició las muñecas y acarició también al perro. Intentando darle las gracias por alegrarle la vida le dijo:

—Buenos días.

Lo de no llevar guion era muy raro. La gente la miraba y ella los ignoraba. Por una vez era la protagonista de algo. Tenía derecho a sentirse importante. Incluso muy importante, porque dos hombres le cortaron el paso y la detuvieron. Eran dos policías de paisano. La metieron en un coche con el perro y arrancaron.

Berta no había aguantado ni una hora sin guion. Claramente había perdido el instinto necesario para vivir en libertad. Y había perdido también la oportunidad de bajarse de una vida que no iba a ninguna parte. Estaba mirando por la ventanilla sin tener ni la menor idea de a dónde iban.

—La gente sin guion —dijo un policía sin guion— sois el veneno del mundo.

Estuvieron una hora alejándose de la ciudad, hasta que estacionaron delante de una iglesia abandonada. En realidad todo el lugar parecía abandonado. El césped crecía en las calles y en las casas.

Caminaron hasta la entrada de la iglesia de San Carlo Gozzi, escrito con letras podridas. Golpearon el pórtico y miraron el cielo. No parecía que les fuesen a abrir. Berta sintió que era el momento de decirles la verdad, de contarles que el perro se había comido su guion y que tenían que dejarla suicidarse. Y abrió la boca justo cuando se abrió también el pórtico de la iglesia y apareció una señora sonriendo.

—¿Sí? —ella tampoco tenía guion.

El perro empezó a mover la cola y un policía lo cogió en brazos. Entonces Berta le metió una hostia con la mano abierta. La señora tuvo que separar-los, pero igualmente el policía le cogió la cabeza a Berta, se la empujó hacia atrás y la tiró dentro de la iglesia. Cerraron el pórtico por fuera y el perro empezó a ladrar del otro lado.

La señora la ayudó a levantarse y Berta vio que tenía una pistola.

—No tengas miedo —la señora la desenfundó—. No es de verdad. Mira, mira mi pie —apretó el ga-tillo y el disparo retumbó por toda la iglesia, pero del pie no salió sangre ni de su boca gritos. Eran balas de fogueo.

La señora guardó la pistola y le dio un abrazo. Tardó en soltarla. Entonces cruzaron la iglesia de la mano. Había pájaros y nidos en el techo. Cuan-do llegaron a la otra punta abrieron una puerta y bajaron unas escaleras. La mujer parecía contenta:

—Te voy a dar otra oportunidad, pequeña. Yo la tuve, todos aquí la tuvimos. No me sueltes que me caigo. Ya casi estamos. ¿Has visto? No tengo guion. Pero es que aquí —abrió una puerta y dijo— los escribimos.

Era una nave subterránea llena de guionistas. Berta miró a la señora y la vio feliz, afirmando una y otra vez con la cabeza. El Ministerio del Guion era ese sitio, lo estaba viendo. De ahí salían las órdenes, la soledad y la frustración. Ahí rompían a nuestras esperanzas para alimentar a la economía. La señora le dio unos segundos para superar el asombro y entonces le dijo:

—La ley dice: «El ciudadano que por incapacidad o falta de voluntad no interpretase su papel en La Trama pasará a disposición del Ministerio, donde se encargará de escribir los guiones que les asignen las autoridades competentes». Las autoridades competentes soy yo. Esto viene a decir que si no actúas, escribes. Y como tú no actúas... enhorabuena. La gente prefiere actuar, pero la gente es gilipollas. Por eso hay tantos actores y tan pocos guionistas, y por eso vamos de culo. Tráeme un portátil —le dijo a un vigilante que iba armado con pistolas y con balas de verdad—. ¿Quieres café? ¿Has visto qué práctico es no tener que leer ningún guion? Bienvenida a casa, pequeña —le dio un beso en la mejilla.

Berta sintió miedo. Los guionistas le transmitían una especie de hostilidad. Sobre todo una que la miraba mal, como si su presencia la distrajera. El vigilante volvió con un ordenador y Berta lo cogió sin discutir.

—Mírala —dijo la jefa—, con su portátil. ¿Has

escrito algo alguna vez? ¿Algo realista, algo que suene natural? No te preocupes. Vas a ver lo bien que nos lo pasamos. Ahí tienes una plantilla con la estructura básica de mañana, tarde y noche, que vienen a ser la tesis, la antítesis y la síntesis del guion de toda la vida, ¿qué? ¿Qué quieres? Habla. ¿Por qué no hablas? Puedes hablar. No tengas miedo. Ay, qué graciosa. Abre la boca y no dice nada. Eso es porque llevas toda la vida recitando como un loro lo que te escribimos. ¿Qué quieres?

—Mi perro —empezó diciendo Berta, pero al final le preguntó—, ¿por qué nos escribís estos guiones de mierda?

La jefa primero abrió la boca y después le respondió sonriendo:

—La pequeña ha dicho «mierda». Muero de amor. Sabía que ibas a decir una gilipollez. A todos nos pasa la primera vez que hablamos. Vamos a ver: nuestros guiones no son una mierda. El trabajo que hacemos aquí, cariño mío, es muy complejo. Tenemos que mantener a la gente consumiendo día y noche. Pero cuidado, porque si consumen demasiado nos cargamos el planeta, y si consumen demasiado poco nos echan. Esto es como montar en bici, tienes que pedalear todo el tiempo, si no la rueda se para y te caes. Nosotros pedaleamos para que no se caigan los de arriba. En el fondo somos unos santos. Por eso estamos en una Iglesia. Y por eso trabajamos bajo tierra, porque si no estos gañanes estarían todo el día pidiéndonos que les escribamos esto, que les escribamos aquello, que me pongas un novio, que me quites el marido. No, señor. Me corto las venas.

La nave era enorme.

—La gente quiere ser importante —dijo la jefa—, y yo aquí te estoy ofreciendo ser la más importante de todas, la chica que escribe para hacer feliz a todo el mundo. ¿Qué?

—¿Son guionistas?

La jefa le respondió afirmando con la cabeza:

—Eran taxistas, ingenieras, cocineros, hasta que un día se negaron a seguir el guion y se pusieron a vivir la vida loca. La policía los detuvo, igual que a ti, me los trajo y aquí están. Cuando les pregunté si sabían escribir me dijeron que por supuesto, pero cuando les pregunté cuál era la diferencia entre el primer acto y el segundo me miraron con cara haberse cagado encima. Tú no te agobies, cariño, tú vas a aprender y vas a ser la mejor de todas. Te lo prometo. El más malo de estos te escribe un guion de Hollywood en una semana. Son los mejores. Eso sí, unos egos… Me los cargaba a todos. Les metía cuatro tiros con una de esas —la pistola del vigilante—. Para que aprendan, para… ¿qué coño haces?

Berta quería hacer una foto y la jefa le quitó el móvil de las manos.

—Esto es top secret. Y los móviles son el veneno de nuestra profesión. Tienes que concentrarte, tienes que hacer que las personas y las empresas sean felices. ¿Tú no querías cambiar el mundo? ¿A ti no te gustaría hacer un mundo más feliz? Pues escríbelo, ¿quién te lo impide?

Berta no había pensado nunca en cambiar el mundo, ella había pensado en cortarse las venas. Pero como no podía ser tan directa dijo:

—Súper interesante, de verdad, pero tengo que irme.

—¿Qué tienes que hacer?

—Tengo que irme.

—¿Tampones? ¿Qué necesitas?

—Es por mi perro.

—Ay, pobrecilla. No me has entendido. Ya no se sale. Y si salimos, tú, yo, cualquiera de estos —y terminó la frase cruzándose el cuello con el índice—. Por eso la puerta está siempre abierta. Por eso la vigilancia es mínima. Puedes irte cuando te dé la gana, pero si sales te disparan, y no con estas balas, con las otras. Estamos aquí porque no supimos vivir ahí fuera, porque no supimos ser lo que esperaban de nosotras. Estamos aquí por el daño que le causamos a toda esa gente. Hay que aceptarlo: fuimos unas inadaptadas. Y los que están ahí fuera serán todos unos cobardes hijos de la gran puta, pero saben vivir, saben tener amigos, saben bailar, saben reproducirse, fumar y echarte el humo a la cara. Míralo por el lado positivo: para nosotras vivir era un infierno, y esto es el purgatorio. Aquí vamos a expiar todos nuestros pecados, aquí vamos a darles todo lo que no les supimos dar cuando estábamos con ellos. Vamos a hacerlos felices, vamos a hacer un mundo mejor y tenemos café gratis. Más no se puede pedir.

—Por aquí —le dijo el vigilante, y lo siguiente no lo entendió— siete y media, tuberías, los guiones y el conflicto.

—Aquí lo importante —dijo la jefa— es incluir todos estos productos y que la gente los compre.

Y de repente Berta se acordó:

—Mis padres se suicidaron.

—Ay, no me digas.

—Por un guion vuestro.

—No estés triste, cariño. Yo también llegué aquí muy triste. Esto es justo lo que no quiero que hagas: que repitas mis errores.

—¿Tú mataste a mis padres? ¿Sabes quién fue?

—Ay, por favor. ¿Pero qué dices? ¿Tú crees que la inteligencia artificial acepta sugerencias de las guionistas? Nosotras sólo escribimos lo que nos mandan. No decidimos nada. Esto es un trabajo, no es personal. Aquí la gente se muere cuando le toca, no cuando le apetece a alguien. Ay, qué mareo.

—¿Y cuándo le toca?

—Y yo qué sé, pregúntaselo a ella. Pero te digo una cosa: si fuera por mí, vamos, me habría cargado a medio planeta. Es al revés, la inteligencia artificial busca tener a la mayor cantidad de gente viva consumiendo. Tú olvídate. Tú ahora piensa que tu deber es hacer que la vida de estos zánganos sea mejor. Te necesitan, se han vuelto muy dependientes.

—Pero entonces, ¿podéis escribir cosas buenas?

—Podemos escribir cosas buenas, claro, tú también.

—No tienen por qué ser siempre cosas malas, pueden ser buenas.

—¿Y qué coño llevo diciéndote desde que has entrado? Claro que puedes. Pero primero tendrás que aprender a escribir, digo yo. Soltar esas manos. Tú ahora escribe lo que te dé la gana y después vemos los errores juntas.

La jefa se fue y Berta se dio cuenta de que no sabía cómo se llamaba. Aunque le daba igual. Ella quería suicidarse, no iba a ponerse a memorizar nombres justo ahora.

No tendría que haber ido al trabajo. Ahí estuvo gilipollas. Tendría que haberse quedado en casa, jugando con el perro y suicidándose. Aunque la habrían ido a buscar, habrían tirado la puerta abajo, le habrían quitado el cuchillo de las manos y al final habría terminado detenida y enviada de todas formas al Ministerio. Es decir, que habría acabado en el mismo lugar, nunca donde quería. Y así se acordó de Juan, el enfermero. Se le ocurrió escribirle un buen guion, como para devolverle el favor de la botella de agua.

Buscó «juan enfermero» en el ordenador. Aparecieron dos mil seiscientos quince resultados. Agregó «madrid» a la búsqueda y el resultado se redujo a doscientos cuatro. La jefa se le acercó por detrás y dijo:

—¿Quién coño es Juan?

—He puesto cualquier nombre, estoy probando.

—Tranquila, nadie te está acusando de nada.

La jefa le cogió el ordenador y borró «juan enfermero madrid». Buscó: «Las treinta y seis situaciones dramáticas de San Carlo Gozzi» y las abrió.

—Léete esto —le dijo—. Hasta que no termines no te levantas.

Berta empezó a leer y a beber café del bueno. Mucho mejor que la mierda descafeinada del trabajo. La jefa volvió unas cuantas veces para asegurarse de que estuviera entendiéndolo todo. Y la última vez le dijo:

—Vas a empezar escribiéndome una discusión para estos dos: Manu y Leticia. El conflicto es la base de nuestro negocio. ¿Y sabes por qué? Porque las reconciliaciones dejan pasta: viajes, hoteles, cenas, regalos, hijos, psicólogos. Así que lo primero que tienes que hacer es elegir una de las treinta y seis situaciones dramáticas que has leído. Y lo segundo, más importante aún, es que cada persona compre al menos tres productos de esta lista que tienes aquí. Empieza ahora y lo vemos mañana juntas. Por cierto, hoy duermes con nosotros —le dio un abrazo y olió su cráneo.

A las 18:30h todos histéricos y la jefa gritando que no llegamos, que siempre igual, os rascáis los huevos durante todo el día y me ponéis de mala hostia. Pateaba sillas, escupía ordenadores y de pronto le puso la pistola en el cuello a un viejo. A las 19:00h había guionistas escribiendo con un foco de luz roja en la cabeza, lo que significaba que la inteligencia artificial les había rechazado los guiones. Había tantos focos encendidos que las paredes, las caras y las manos parecían rojas. Siguieron trabajando y afinando cada frase hasta que los focos se fueron apagando.

A las 19:30h la imprenta sacaba los guiones aprobados y los tubos neumáticos los repartían por las casas. Podía oírse el ruido de la economía en acción, imponiéndonos destinos como la diosa cruel y mecánica que era.

A las 20:00h la jornada había terminado. Los guionistas fumaban en el patio interior del sótano y se frotaban los ojos. La guionista que había mirado mal a Berta la saludó y la invitó a fumar con ellos. Se presentó como Tina. Berta no había fumado nunca, pero chupó el cigarrillo, lo hizo arder lentamente y se tragó el veneno para que el cuerpo se acostumbrase a la muerte. Tosió bastante y no le importó. Habló con Tina y el resto, cuyos nombres no retuvo por lo que ya sabemos.

Cenaron en las mesas de trabajo y a medianoche se acostaron debajo de ellas, en esterillas cortas y estrechas. Berta no se había terminado de acomodar cuando las luces se apagaron.

A esa hora se suponía que tenía que estar muerta: las muñecas desangradas en la bañera, el corazón detenido y los sentidos apagados. Por eso le molestó tanto oír los ronquidos de un guionista. Estuvo dos horas pensando en formas de estrangularlo, hasta que descubrió que no estaba enfadada con él. En realidad no estaba enfadada con nadie, estaba asustada. Tenía miedo de que no se le ocurriese ninguna idea para el guion de Manu y Leticia, y de repente verse debajo de los focos rojos de la vergüenza. Se le ocurrió empezar antes que el resto, para tener más tiempo. Y después se le ocurrió no dormir: empezar a escribir cuanto antes para que el resto no descubriera lo inútil que era.

Se levantó sin hacer ruido, con cuidado de no despertar a nadie, aunque después pateó una silla para joder al que roncaba.

Lo primero que hizo fue revisar sus apuntes sobre

«Las treinta y seis situaciones dramáticas», y cuando tuvo claro con qué situación iba a trabajar empezó a escribir la escena de Manu y Leticia. Algunas horas después la terminó y estaba tan cansada y confundida que le dio a Enviar. Automáticamente se encendió una luz roja encima de su cabeza. Tina estaba despierta, posiblemente por los ronquidos de antes, así que Berta le preguntó por qué le salía Error. Tina le preguntó si había incluido los productos, y la respuesta fue que no, no los había incluido.

A las cuatro de la mañana terminó de incluirlos y le dio a Enviar otra vez. Tina oyó el ruido del guion saliendo disparado por los tubos neumáticos y abrió la boca.

—¿Qué coño has hecho?

Algunos compañeros se despertaron y se preguntaron quién había sido.

El guion recorrió ciento cincuenta kilómetros en dos minutos. Manu se despertó con el aviso de llegada. Los guiones nunca llegaban de madrugada. Sólo podía ser una mala noticia.

Al día siguiente el móvil de la jefa empezó a vibrar. En la pantalla apareció una foto de Leticia, una de las mayores contribuyentes del Ministerio. Una amargada que tenía derecho a llamarla a cualquier hora. Leticia habló durante cinco minutos y colgó. Le daba igual la respuesta de la jefa. No era una charla, era una orden.

Berta estaba desayunando con los guionistas cuando empezó a oír a la jefa gritar una y otra vez:

—¡A la piscina!

El vigilante esposó a Berta y se la llevó. Tina los vio alejarse y los perdió de vista cuando empezaron a bajar al segundo sótano de la iglesia. Todos sabían lo que había ahí abajo, por eso ninguno fue capaz de darle ánimos a Berta. Había cometido un error. Y cuando una guionista cometía un error lo pagaba con su cuerpo y su salud.

Bajaron por unas escaleras oscuras. Desde abajo subía olor a encierro y humedad. El vigilante encendió una luz que reveló todo el espacio: era grande y parecía abandonado. Tenían una piscina vacía. Y dentro de ella, en la parte profunda, una mesa y una silla. La jefa le pidió a Berta que se sentara en la silla.

Los guionistas no habían vuelto a tocar sus cafés. Lo habían visto otras veces: la jefa se llevaba a alguien y lo mataba para que el resto viera lo que hacían con los artistas independientes. De pronto oyeron un disparo y Tina se tapó la cara con las manos.

En el fondo de la piscina estaba Berta hecha una

bola, cubriéndose la cabeza y temblando. Le habían disparado con balas de fogueo.

—Aclaremos una cosita —dijo la jefa—, cuando yo hago bajar a alguien aquí —señaló manchas de sangre y no le hizo falta terminar la frase—. Te voy a dar una última oportunidad, y te voy a decir por qué. Mi función es convertirte en guionista… —y mientras la jefa hablaba el vigilante bajó a la piscina, le quitó las esposas y le puso un grillete en el cuello. Un grillete del que colgaba una cadena que enganchó a un mosquetón que había junto a un desagüe. La cadena era tan corta que Berta apenas podía ponerse de pie.

—… mira los tubos —dijo la jefa señalando las boquillas de impulsión—, aquí puedes escribir lo que te dé la gana, pero si la inteligencia artificial detecta una escena feliz, como la que les mandaste ayer a Manu y Leticia, en lugar de la escena dramática que te pedí, enciende los tubos y la piscina se llena de agua. Y si la piscina se llena de agua te ahogas. La línea editorial la marco yo. Y no es una línea editorial feliz. Es una línea editorial realista: con problemas, enfermedades y traiciones. Eso es lo que tenemos que darles a nuestros vecinos de arriba. No te la juegues por ellos. Te puedo asegurar que a estos les suda la polla que tú te pudras aquí abajo, siempre y cuando ellos estén bien. Leticia es un buen ejemplo. Me ha llamado hace un rato para decirme que quiere más guiones como el de anoche, que fue muy feliz. Cállate. ¿Tú crees que me ha preguntado por ti, que me ha preguntado por la guionista que la hizo feliz? No. Sólo les importa su movida. Imagínate que todo el mundo pudiera llamarme y pedirme cosas. Seríamos sus esclavos, seríamos sus… —Berta la oía como a lo lejos mientras buscaba formas de suicidarse. No quería aguantar más a esa señora. No quería más ronquidos, ni más policías, ni trabajar, ni llevar grilletes. Pero en algún momento debió reírse, porque la jefa dejó de hablar y se fue cabreada. El vigilante también se fue. Berta se puso de pie, todavía sonriendo, y se dio cuenta de que tenía ganas de hacer pis.

La excusa para tratarnos así de mal era el bienestar de la economía. Pero después de sacrificar nuestros sentimientos y nuestras vidas, la economía no terminaba de mejorar. De hecho, estaba peor que nunca.

Algunas horas después apareció el vigilante con una bandeja con comida. La dejó en el borde de la piscina, bajó por la escalerilla y volvió a cogerla desde dentro. Caminó con cuidado de no resbalarse por la pendiente hacia lo profundo. Se detuvo ante la mesa de Berta y apoyó la bandeja. Olía fatal. Le hizo un gesto con la cabeza, como preguntándole algo.

Berta no dijo nada.

—¿Tienes novio? —le preguntó el vigilante.

—Tengo pis.

El vigilante le señaló un desagüe con el mentón. Berta le señaló la cadena. El otro se encogió de hombros y se fue. Entonces Berta buscó un cuchillo entre la comida, y cuando lo encontró se cagó en todo porque era de plástico. Igualmente intentó cortarse las venas. Lo hizo con mucho cuidado, hasta que el plástico se le partió en la muñeca. No logró sacarse ni una gota de sangre.

Miró alrededor buscando otras ideas. Morirse de hambre, por supuesto, pero sería lento y doloroso. Podía darse cabezazos contra la mesa, pero tal vez se quedaba idiota. La cadena era tan corta que no podía hacer casi nada. Probó dejando de respirar: cerró los ojos y empezó a notar pinchazos en la cabeza, después notó el corazón latiéndole en la garganta y el sonido grave de la circulación en los tímpanos. Siguió aguantando hasta que el cuerpo cogió aire por su cuenta. Entonces miró los tubos de agua y torció la cabeza como un cachorro que ha visto algo para jugar.

Tina se había encerrado en un baño. Necesitaba pensar. Después de lo que le habían hecho a Berta el ambiente se había enrarecido. Oyó entonces un ruido dentro de la pared. Era agua circulando por las tuberías. Siguió el ruido con la vista y entendió que la presión era más alta que la normal. Eso era demasiada agua bajando al...

Salió del baño corriendo y se metió muy angustiada en el despacho de la jefa. Su mirada al entrar fue tan expresiva que la jefa encendió los focos del segundo sótano y vio que el agua estaba saliendo sin su autorización.

Abajo estaba Berta sonriendo, con el agua subiéndole por los tobillos. ¿Cómo lo había conseguido? Enviando otro guion feliz. Estaba orgullosa de haberlo hecho, y esperaba morirse pronto. Estaba despidiéndose de la vida y de su perro, hasta que el agua dejó de salir. Alguien había cerrado la llave de paso.

Apareció la jefa y le dijo:

—Se supone que tienes que aprender a escribir, no a suicidarte —abrió los desagües y Berta miraba el agua que se iba como queriendo irse detrás de ella.

La jefa se metió en la piscina con una toalla y le secó los pies con ternura. Pero sin quitarle el grillete.

—Me ha vuelto a llamar Leticia —dijo sonriendo—. Que qué bonito el último guion que le hemos mandado. Que muchas gracias. Que los quiere todos así. ¿Te das cuenta? La has malcriado. Ahora cuando tiene ganas de darle un beso a Manu, en lugar de ir y dárselo, me llama a mí para que le mandemos el beso por escrito. Te pedí que no lo hicieras y lo has hecho. ¿Qué coño te pasa?

A Berta le parecía tan obvio lo que le pasaba, que no lo dijo. Simplemente se tumbó en el suelo y cerró los ojos con las manos cruzadas encima del pecho, como si ya estuviese muerta.

En favor de la jefa hay que decir que hablar con una suicida cansa. Así que cogió la toalla, se levantó y se fue. Berta se acurrucó en el desnivel de la piscina y se quedó dormida.

Algunos minutos después soñó que alguien le apretaba el dedo meñique. Sintió un dolor tan real que se despertó y se encontró a la jefa cortándole el dedo meñique con unas tenazas. El dedo muerto cayó rodando hacia la parte honda de la piscina y la jefa le echó alcohol en la mano para detener la hemorragia.

—No —le dijo la jefa—, ahora no grites, tú te querías suicidar. Yo sólo te he suicidado un dedito. A ver si así aprendes a hacerme caso. ¡Cállate, coño! «¿Por qué yo?», «¿Por qué a mí?». ¡No me das pena!

Berta no paraba de gritar y de llorar, hasta que se desmayó y la jefa le abrió la boca y le metió un calmante, un antidepresivo y un ansiolítico.

Algunas horas después, cuando logró despertarse, la jefa tenía su dedo en la mano:

—Este dedito ya no va a escribir más tonterías. Ahora escribe lo que te digo. Y si no me lo escribes, otro dedito. ¡Hasta que entiendas que tus manos trabajan para mí!

Berta estaba como celebrando el haber mandado a uno de sus dedos al otro barrio. Ahora sólo tenía que mandar al resto del cuerpo. Mientras pensaba la forma de conseguirlo, trabajaba con la mano sana. La otra estaba vendada y podía sentir a la muerte subiéndole por el brazo. Estaba escribiendo otra discusión para Manu y Leticia. No había terminado cuando la jefa leyó las primeras líneas y dijo de buen humor:

—¿Soy la puta mejor maestra de guion del mundo o qué? Te dije que conmigo ibas a aprender. ¿Te lo dije o no te lo dije?

El guion era realmente triste. Manu insultaba a Leticia hasta que se ganaba un tortazo.

—Así me gusta —dijo la jefa—, así vive la gente real. Esto es real, no esa mierda de besos y abrazos.

A Berta se le cerraban los ojos por culpa de las pastillas, hasta que se le cerraron del todo y no se le volvieron a abrir. Estuvo durmiendo unas diez horas. Por supuesto le habría gustado no despertarse nunca más, pero sintió algo que le tocaba la herida y abrió los ojos. Quitó la mano y se encontró con su perro lamiéndole la venda y mirándola con ternura. De alguna forma se había escapado. Y también habría logrado bajar al segundo sótano. ¿Cómo era que nadie lo había visto? ¿Y por qué había vuelto a buscarla? Se oyeron unos pasos bajando las escaleras y el perro salió al encuentro de alguien que resultó ser la jefa. Berta pensó que iba a descuartizarla, pero empezó a mover la cola y a lamerle la mano también a ella. Puto cobarde. Puto vendido.

—Yo también —dijo la jefa acariciando al perro— pasé una temporada aquí abajo. Es el mejor lugar para escribir, el mejor despacho. El único que tiene silencio de verdad. Me tuvieron dos meses encadenada porque no quería escribir guiones. Igual que tú. Yo les decía que escribir guiones era peor que escribir leyes, porque una ley es una norma de convivencia, y un guion es directamente una condena. Una guionista es mucho peor que una diputada. Ese tipo de cosas decía yo entonces. Hasta que me cortaron un dedo, mira. El anular, y se quedaron con mi anillo de casada, me dijeron que cuando una entraba a la iglesia de San Carlo Gozzi se convertía automáticamente en la mujer sumisa del Ministerio. Querían que les escribiera no sé cuántos suicidios para las funerarias, y me negué. Es una forma fina de decir lo que les hice. Estuve a punto de prender fuego el Ministerio con todos los guionistas dentro. Una forma bastante explícita de negarse. No quería hacerle a nadie lo que me habían hecho a mí. Yo tenía una vida feliz. Hasta que un guionista escribió mi suicidio. Algo que sigo sin entender. ¿Por qué cargarse a una persona feliz? ¿Qué les había hecho? ¿Le molestaba a alguien? Obviamente no me suicidé. Me fui de casa y me escondí hasta que me pillaron y me trajeron aquí, donde juré no escribir ni una sola frase que pudiera hacerle daño a nadie. Me amenazaron, me pegaron, me cortaron el dedo, y yo que no, coño. Tardé meses en entender que me estaba dejando la vida y el cuerpo para proteger a gente que ni conocía, gente a la que le daba igual. Así que me dejé de hostias, me puse a escribir y les hice los putos guiones que me pedían. No te puedo explicar el alivio, la satisfacción que sentí cuando entendí cómo funcionaba este mundo de gente de arriba y gente de abajo. Y no sabes lo bien que me quedaron esos guiones: eran obras de arte escritas con el corazón. Descubrí que era buena, y que podía ser todavía mejor. Entonces me subieron con los demás y a la semana tuve la idea de meter marcas y productos en los guiones. Las empresas se volvieron locas. Y el Ministerio ni te cuento. Empezó a entrar dinero a punta pala. Éramos el único organismo público que en lugar de gastar dinero lo generaba. Un ministerio rentable, lo nunca visto. Es cierto que el trabajo se nos complicó porque empezamos a tener cada vez menos libertad. Dejamos de escribir historias y nos pusimos a vender productos. Pero las marcas estaban felices. Y yo también. Que les dieran por el culo a esos niñatos de mierda. Ellos no pensaban en mí, yo no pensaba en ellos. Ninguno hizo nada cuando yo estaba aquí sacrificándome para que mantuvieran sus privilegios. Son increíbles. Son realmente increíbles. Van al cine, se pasan las mejores dos horas de sus vidas, y cuando termina la película no son capaces ni de quedarse a ver el nombre de la persona que se dejó la salud escribiendo ese puto guion. Bueno, basta. He bajado para darte la misma oportunidad que me dieron a mí. Te voy a dar una serie de suicidios para que aprendas de qué va esto de una vez por todas, y para que entiendas que si no caen ellos, caes tú. Te estoy dando doscientos cuatro suicidios para ti solita. Un caramelo para que te luzcas. Si lo haces bien, vuelves con Tina y el resto. Si no lo haces, lo hará otra persona. Esta gente está muerta en cualquier caso. Mírame. He cogido a doscientos cuatro hombres aleatorios, pero todos se llaman Juan. Y son todos enfermeros de Madrid. He puesto un nombre cualquiera, ¿te acuerdas?

Berta metió la mano en el bolsillo y tocó la botella de agua de Juan.

—Te doy un mes —le dijo la jefa—. Y te prometo que no voy a revisar ni una sola palabra. Y la inteligencia artificial tampoco, voy a desconectarla. Me fío de ti. Pero si dentro de un mes veo que el nú-

mero de guiones no baja en doscientos cuatro personas, me vas a deber otro dedo. Y así cada vez que me
desobedezcas. Y si te quedas sin dedos ya no podrás
escribir, y si no actúas ni escribes, pues tú me dirás.

Cuando la jefa se fue el perro se sentó junto a
Berta.

La rutina de los días siguientes fue bastante triste: por las mañanas lloraba y por las tardes escribía.
Trabajaba para todos los Juanes, pero pensando
únicamente en el suyo. Así todos serían asesinados
por una persona que los quería. Era mejor que los
matara ella con amor antes que una persona de ofi-
cio. El vigilante bajaba para alimentarla y para ver
qué tal. El perro también le lamía la mano al vigilante. Eso le daba rabia y vergüenza.

El día acordado llegó y Berta terminó de escribir
los guiones. Los envió y la inteligencia artificial no
llenó la piscina de agua. Se imprimieron como cada
día, salieron disparados por los tubos neumáticos y a
las 20:00h los doscientos cuatro Juanes los recibieron.

La jefa estaba orgullosa de haber convertido a
la nueva en una guionista obediente, mientras que
Berta estaba agotada. Se echó a dormir en el suelo.
Ella quería vivir ahí, sin molestar a nadie. Aunque

es verdad que cuando una escribe siempre molesta a alguien. Empezando por una misma. Eso ya lo sabía. Y también sabía que por no molestar a ningún Juan había tenido que molestar a la jefa, al Ministerio y a la economía. Se lo había pasado muy bien escribiendo el caos que estallaría en las siguientes páginas.

La jefa comparó el número de guiones del día siguiente con el número de guiones del día anterior y descubrió que eran iguales. Lo que significaba que Berta no había escrito ningún suicidio. Iba a coger las tenazas para cortarle otro dedo, pero mientras iba a buscarlas pensó que Berta quería morir. Ese era el motivo por el que se portaba mal. Ella me hace perder un mes de trabajo, pensó la jefa, y yo le corto un dedo. Pero dedos tenemos muchos. Podemos perder algunos que no pasa nada. Lo realmente grave es perder un mes de trabajo. El trabajo es sagrado. Comparativamente es ella la que me está castigando a mí. Y a mí nadie me castiga: yo soy la castigadora.

La jefa dejó las tenazas en su sitio y encendió manualmente los tubos de agua. También encendió los focos, las cámaras y proyectó la escena en todas las pantallas de la sala de redacción. Que el resto viera lo que les pasaba a las rebeldes. Tina vio el agua llenando la piscina y dejó de escribir.

En el mundo exterior, justo delante de la Iglesia de San Carlo Gozzi, empezaron a congregarse hombres que no sabían que se llamaban todos Juan, ni que entre ellos había uno que los había condenado sin querer, pero también los había salvado sólo por haberle regalado una botella de agua a una guionista. Un Juan muy viejo esperó a que llegasen todos y a que le confirmasen que podían oírlo bien. Entonces miró su guion y lo interpretó tal cual lo había escrito Berta:

```
    8. EXT. IGLESIA -DÍA
Juan se dirige a la multitud:


        JUAN
Me llamo Juan.


      LA MULTITUD
¡Nosotros también!


        JUAN
Y sigo vivo.
```

LA MULTITUD
¡Nosotros también!

El agua empezaba a cubrirle las pantorrillas a Berta, que estaba cumpliendo su promesa de morir antes que joderle la vida a alguien.

El vigilante y la jefa vieron las cámaras exteriores y descubrieron a toda esa gente gritando en la puerta de la iglesia.

—Hija de puta —dijo la jefa cuando vio que había unos doscientos hombres—, ahí están todos los inútiles que me están sobrando.

Un grupo de esos inútiles colgó una bandera que ponía: «Ministerio del Guion». Y debajo: «Abierto al público». Otros mandaban la ubicación a sus contactos, junto con fotos y la novedad de que podían pedir cambios de vida sin cita previa. Eso se iba a llenar de gente a la misma velocidad que la piscina se estaba llenando de agua.

Berta se había puesto de pie porque incluso la muerte buscada impresiona, y porque además era agua fría y le estaba llegando hasta la cintura. El perro ladraba en el borde y Berta le dijo:

—Te di mi amor y me entregaste. Eres peor que ellos.

La jefa le pidió al vigilante una pistola de verdad.

El vigilante le dio una de las suyas y desenfundó otra. Cruzaron la sala de redacción pegando tiros al aire para espantar a los guionistas que les pedían que la soltaran.

Mientras tanto el agua de la piscina seguía subiendo y ya le llegaba a Berta hasta el cuello. El perro ladraba y ella apartaba el agua con las manos. Esta vez no parecía que los tubos fueran a detenerse. Y más o menos en este momento Berta sintió que había sido muy injusta con el perro, porque él no había traicionado a nadie, simplemente quería a todo el mundo. Berta ya no tenía ganas de morir ahogada, tenía ganas de pedirle disculpas y de darle un abrazo. Echó la cabeza para atrás y logró que el agua no le alcanzara la nariz ni la boca, y en el último segundo llenó sus pulmones de aire y se dejó cubrir. Entonces dejó de escuchar los ladridos del perro. O los escuchaba como a lo lejos.

Desperdició la vida que le quedaba intentando arrancar la cadena del suelo, algo que le aceleró las pulsaciones y quemó el escaso oxígeno de su sangre. Iba a morir ahogada. Le convenía ir dejando de pelear contra lo inevitable, abrir la boca y tragar la mayor cantidad de agua posible para acabar cuanto antes.

Pero algo se zambulló en la piscina y el agua se

llenó de burbujas. De ese remolino blanco surgió una cara que le dio un beso y le llenó los pulmones de aire. Con eso ganó algunos segundos de vida. La cara salió a la superficie y resultó ser la de Tina, que se llenó la boca de más aire y se sumergió otra vez para dárselo a Berta.

Los guionistas vieron la escena en sus pantallas y empezaron a aplaudir. La jefa bajó riéndose de Tina. ¿Qué pretendía con…? Claro, ¿cómo no se dio cuenta antes? Tina estaba enamorada. El vigilante apuntó a matar, pero la jefa le apartó la pistola. Quería ver cuánto aguantaban. Quería disfrutar viéndolas fracasar.

Desde el fondo de la piscina Berta sentía que Tina tardaba cada vez más en bajar con aire. Estaba llorando bajo el agua, con la boca y los ojos cerrados. Tina subió a coger más aire y entre los ladridos del perro oyó un disparo saliendo de la pistola de la jefa. Por un momento pensó que le había dado, pero al no ver sangre en el agua les dijo:

—¡Es vuestra hija! —y volvió a sumergirse.

—Prueba tú —le dijo la jefa al vigilante.

El otro esperó a que Tina emergiera y le disparó, pero tampoco hubo suerte.

—Serás cabrón —le dijo la jefa cuando se dio

cuenta—, son todas balas de fogueo.

Entonces le disparó y el vigilante cayó muerto.

—Ah —dijo la jefa al verlo—, pues no, son balas buenas.

Berta ya no tenía nada que hacer. Podía morirse y cumplir su sueño. Pero ella no se quería morir. Por eso seguía revolviéndose y aguantando la respiración bajo el agua. Arriba la jefa estaba forcejeando con el perro porque le había mordido la pistola. Tina emergió y al ver la escena gritó:

—¡Unas tenazas! —y volvió a sumergirse con más aire para Berta.

Los guionistas bajaron corriendo y vieron al vigilante muerto y a la jefa vencida por el perro, pero en lugar de buscar las tenazas se tiraron a la piscina y empezaron a quitar el agua con las manos. No se daban cuenta de que con ellos dentro el nivel del agua subía aún más. Fue entonces cuando el vigilante regresó de la muerte y se fue corriendo lo mejor que pudo. Los guionistas no lo detuvieron. Siguieron quitando el agua con las manos hasta que el vigilante volvió con unas tenazas y se zambulló en la piscina. Buceó hasta el fondo, cortó la cadena y ayudó a Berta a sacar la cabeza fuera del agua. Y cuando llegó arriba le pareció ver a los guionistas celebrando que estaba bien. Después vio a su perro ladrando y a Tina recuperando el aliento.

Los guionistas sacaron a Berta de la piscina. Tina le dio un abrazo y no la quiso compartir con nadie más. Berta estaba tan confundida que tardó en ver que la jefa se había levantado del suelo con la pistola que nadie le había quitado. El agujero del cañón buscaba su cuerpo y se oyó el disparo retumbando en el techo del sótano. La jefa le disparó varias veces. Todos vieron al perro ladrar y a la jefa apretando el gatillo hasta quedarse sin balas, y entonces vieron a Berta reírse porque a pesar del ruido y del miedo, a pesar de los tubos de agua, de los cuchillos, de las tenazas y de las balas en el pecho no se moría.

El vigilante miró con tristeza a la jefa. En realidad nunca le dio una pistola con balas buenas, por eso la jefa no podía matar a nadie. Se le echaron encima y esta vez la ataron con todo lo que encontraron.

La gente se fue calmando y el vigilante se abrió paso hasta llegar a Berta.

—Necesito explicarte algo —le dijo—. Necesito que me escuches un minuto y me entiendas.

Berta le dijo que sí con la cabeza, pero también le dio una hostia con la mano buena. El vigilante esperó más golpes que nunca llegaron. Un solo golpe le pareció poco para todo lo que le había hecho.

—¿Qué? —le dijo Berta.

—Esta señora —le dijo el hombre señalando a la jefa— es mi mujer, y tú eres nuestra hija. Tu verdadero nombre es Lucía. Naciste el cuatro de junio a las doce del mediodía y llegaste con tres kilos seiscientos. A las dos y media de la tarde te tuve en mis brazos por primera vez y te dije «Hola, pequeña». Naciste perfecta, salvo por una malformación en la laringe que hace que a veces te atragantes con tu propia saliva.

—Tú —lo interrumpió Berta— y esta cabrona, me habéis cortado un puto dedo, no me vengas con mierdas. Me habéis intentado matar —entonces sacó una foto mojada de su cartera y se la mostró—. Mis padres son estos. Mi padre es este. Y tú eres un hijo de puta cualquiera.

El hombre miró la foto negando con la cabeza. Después se la devolvió y le dijo:

—¿Qué esperabas, que te dieran pistas para volver con nosotros? Es una foto falsa.

—Falsa, dice. ¿Y tú qué sabes? ¿Y a mí qué me importa? Si estoy a punto de pegarte un tiro en la cara.

El hombre levantó las manos y con mucho cuidado sacó una foto de su bolsillo. Era una foto vieja en la que salían la jefa y él jóvenes, y una niña que se parecía espantosamente a ella.

—Ah, bueno… —le dijo Berta sarcásticamente, aunque en el fondo le entraron dudas.

—Esta señora y yo —dijo el hombre— éramos muy felices. Hasta que el Ministerio nos mandó un guion pidiéndonos que nos suicidásemos. Teníamos dos opciones: pegarnos un tiro y dejarte sola, o dejarte sola y no pegarnos ningún tiro. Elegimos lo segundo y nos escapamos con la esperanza de volver a verte algún día. El problema era que teníamos tantas ganas de reencontrarnos contigo que volvimos a casa demasiado pronto. Entonces la policía nos pilló y nos trajo aquí. Al principio pensé que tu madre no aguantaría. Sobre todo cuando la bajaron a la piscina. Era una buena mujer: no le quería hacer daño a nadie.

Berta no dijo nada, pero le mostró la mano sin el dedo. El padre buscó un argumento y al final encontró este:

—¿Cómo crees que has vuelto a nosotros? ¿Crees que ha sido casualidad? Estuvimos veinte años entrenando perros para que te encontrasen. Veinte años entrenando perros porque cuando nos escapamos nos llevamos un jersey tuyo, ¿entiendes? Con tu olor. Pensábamos que no volveríamos a verte nunca más. Hasta que por fin este campeón te encontró y te trajo de vuelta a casa. No sabes lo felices que somos desde que estás de nuevo con nosotros.

Berta volvió a no decir nada. Simplemente frunció el ceño. Su padre le dijo:

—Es que no somos buenos expresando nuestros sentimientos. En eso somos como todo el mundo.

—No, como todo el mundo no.

—Y tampoco queríamos que nadie pensara que tenías un trato privilegiado. No queríamos arriesgarnos a perderte de nuevo.

—¿Un trato privilegiado?

—Y además teníamos que prepararte para la crueldad del mundo. No ha sido fácil para nosotros tampoco.

—¿Y mi suicidio?

—Cuando el perro te localizó te mandamos un guion absurdo para sacarte de casa. Porque era obvio que no te ibas a suicidar, te ibas a escapar como hicimos nosotros. Es algo que llevas en la sangre. Y a partir de ahí sólo tuvimos que esperar a que metieras la pata y a que la policía te encontrara.

El hombre se acercó a una pared que se abrió. Entonces apareció el jersey que usaba Berta cuando era una niña. Estaba guardado en un cofre. El hombre lo sacó con cuidado y se lo dio.

—¿Este es mi olor? —le preguntó Berta—. Esto no huele a nada.

—Para ti no, y para nosotros tampoco. Pero para los perros sí.

—¿De verdad piensas que me estás convenciendo de algo? De que eres un mentiroso hijo de la gran puta me estás convenciendo.

—La boquita —dijo su madre desde el suelo.

—Te doy una prueba más —dijo su padre—, tu ADN. Lo analizamos y es el de nuestra hija.

—Analizasteis mi dedo, claro. Podríais haberme sacado sangre, ¿no? Antes que cortarme un dedo.

—Lo sé…

—Pero entonces —les dijo Berta— es mucho peor: confirmasteis que era la hija que llevabais veinte años buscando y me intentasteis matar. Hay que ser muy hijos de la gran puta para hacer algo así.

Su madre negaba con la cabeza. Y después le dijo:

—Hicimos lo que pudimos, créeme que lo hicimos. Pero no es fácil. Nosotros tampoco sabemos expresarnos. Si ya antes era difícil, cuando la gente decía lo que le daba la gana, imagínate ahora. Estamos desentrenados.

—Estáis más que desentrenados. Estáis enfermos de la puta cabeza. Ni entre vosotros sabéis hablar. O igual sí, y vuestra forma de hacerlo es disparando a matar.

—Pero sólo con balas de fogueo.

—Es que vosotros no os queréis, ese es el problema: os odiáis. Los guiones deberían ser para gente como vosotros, para contener a bestias como vosotros, no para limitar a la gente sensible. Sois los peores padres del mundo. Me habéis abandonado, me habéis cortado un dedo, me habéis intentado convertir en una asesina, me habéis intentado ahogar y ahora me estáis intentando convencer de que me queréis muchísimo.

—Los sentimientos nos confunden a todos —dijo su padre—, no te preocupes. Es muy normal. Lo importante es que estamos juntos.

—Te quiero —le dijo su madre.

—No me miréis con amor, me cago en todo.

—Acéptalo, eres la única que no lo ha hecho.

—¿Tú lo sabías? —le preguntó Berta a Tina, y la respuesta fue un sí vergonzoso—. Pues cojonudo. ¿Y qué se supone que tengo que hacer? ¿Perdonaros? Sois unos padres de mierda.

—Somos normales —se defendió la madre—, con nuestros secretos, nuestras pequeñas traiciones y nuestras pequeñas ganas de matarnos unos a otros: somos una familia, hostia.

—¿Y por qué —le preguntó Tina al padre— caíste muerto si te disparó con balas de fogueo?

—Porque mi hija se estaba ahogando y yo no estaba haciendo nada para ayudarla. Cuando me di cuenta de lo mal padre que era me desmayé. Y cuando recuperé la consciencia y vi que todavía tenía una oportunidad de hacer las cosas bien ni me lo pensé. Lo siento, pequeña. Lo siento mucho. Perdóname, Lucía, por favor. Míralo por el lado positivo: vas a heredar todo esto tú sola. El Ministerio es tuyo.

—Lo que esta chica tan guapa diga —le dijo Tina— nos da igual. Habéis torturado a gente, habéis escrito o mandado a escribir suicidios y le habéis arruinado la vida a millones de personas sólo para venderles basura. Que hayáis tenido un mal día hace veinte años no justifica todo, y sobrevivir, según de qué manera, es hasta vergonzoso. Así que vosotros, padres del año, os vais a quedar encadenaditos aquí mismo hasta que votemos.

Dos plantas más arriba, las puertas de la iglesia se

abrieron y los Juanes entraron seguidos de miles de personas que buscaban una ventanilla donde pedir un cambio de vida. Berta sabía que eso iba a pasar, porque ella misma lo había escrito, así que subió con Tina cuando los Juanes estaban bajando y se encontraron en el sótano de redacción. Berta les dijo:

—Sé lo que estáis buscando, y la única manera de conseguirlo es prendiendo fuego este sitio. Pero prendiéndolo fuego de verdad, no insultándolo ni tirándole piedras: prendiéndolo fuego ahora mismo. Aquí se escriben vuestras miserias, como también se escribieron las mías y las de todos nosotros.

Mientras los Juanes se preguntaban qué hacer, los guionistas celebraron un juicio exprés contra los padres de Berta. Una mujer habló en voz alta:

—La literatura nos ha servido siempre para vivir otras vidas, para ponernos en la piel de otros y para ver por qué sufren. Pero en manos de esta gente se ha convertido en una herramienta de represión que nos obliga a vivir en la pobreza de ser solamente nosotros mismos. La literatura que servía para acercarnos nos ha separado. Por eso creo que estos cabrones merecen morir.

Los guionistas fueron levantando la mano para

mostrarse a favor de la ejecución. Tina miró comprensivamente a Berta, como para que no se sintiera presionada. Berta igualmente levantó la mano, y cuando la tuvo en alto se vio que no había levantado cualquier mano, sino la que tenía un dedo menos.

Estaban discutiendo la manera de ejecutarlos cuando Berta les pidió un momento a solas con los condenados para ajustar una cuenta pendiente con su madre. Cogió las tenazas y bajó a la piscina.

Tina se encendió un cigarrillo y se acercó a los Juanes:

—Vosotros queréis una vida mejor. Y aquí no hemos sabido dárosla. Tampoco es que me importe mucho, la verdad, no sé ni quiénes sois. Así que ya podéis prender fuego esta puta mierda y empezar a vivir la vida que os dé la gana.

Y para remarcar el final de su discursito les tiró el mechero a los Juanes. Algunos tuvieron dudas, pero con dudas y todo empezaron a prender fuego papeles, mesas, servidores y finalmente a la imprenta. Los tubos neumáticos se empezaron a resquebrajar y a romperse.

Oyeron disparos en el segundo sótano y bajaron corriendo. La vieron a Berta sujetándose la cabeza en el fondo de la piscina, aunque no había sangre.

Y tampoco había nadie más: sus padres habían vuelto a escaparse. Eran de esos que les gusta más decir que son padres que serlo.

Tina ayudó a Berta a subir las escaleras, a cruzar puertas y a salir de la iglesia en llamas. En la calle había cientos de miles de manifestantes. El Ministerio empezaba a desprender calor. Los manifestantes le echaban la culpa por sus vidas miserables y resumían años de frustración a un insulto. Tenían razón, pero también podrían haberse insultado a sí mismos por haber aceptado durante tantos años la humillación de hacer cualquier cosa que les pidieran.

—Dime la verdad —le dijo Tina a Berta—: los has dejado escapar.

Berta no dijo nada y Tina no se enfadó. Llegó entonces la policía y vio que la situación los superaba, que la desobediencia era tan grande que abarcaba a todo el mundo. Toda esa gente sin guion, todo ese veneno para la sociedad, era la oportunidad que muchos estaban esperando para convertir otra vez el tiempo en vida.

El perro buscó la mano de Berta con la cabeza y la encontró. Se merecía al menos una caricia y Berta le dio muchísimas.

—¿Qué vas a hacer? —le preguntó Tina.

Berta no supo qué responder. La idea de suicidarse le pareció tan ridícula que hasta sonrió. Estaba buscando una forma de empezar de nuevo. Así que acercó su boca a la boca de Tina, la besó y le dio las gracias por todo. Después empezó a caminar en la dirección contraria a la que caminaba la gente. El perro caminó junto a ella para sentir su olor, esa magia que quería seguir disfrutando toda la vida.

Epílogo

En Gotemburgo una psicóloga le escribió a un amigo preguntándole por la salud de su madre y el amigo le respondió que bien, pero no tan bien como su polla sabor caramelo.

En Basilea un empleado bancario le regaló una sartén a su hermano para disculparse por haberse casado con su novia.

En Texas un granjero le envió a su exmujer un litro de leche que había ordeñado de una vaca a la que le había puesto su nombre.

En São Paulo una señora le regaló a su sobrino una banana con una nota que ponía: «si la felicidad tuviese forma, sería la forma de tu banana».

En Tianjin una enfermera le mandó a su novio un corazón recortado de una compresa usada.

En Krasnoiarsk una pianista le envió a un admirador un hámster que llegó muerto porque el depósito de la oficina postal estaba a cinco grados bajo cero.

En Nairobi una kinesióloga enmarcó una foto del pene muerto de su marido y cada mañana le decía: «Picha floja».

En Singapur una camarera le cortó los párpados a un amigo que le había dicho que tenía muchas ganas de verla.

En Khongor una agricultora les mostró el anillo de casada a sus padres y les dijo que iba a tener que masturbarse con cuidado de no enganchárselo en el felpudo.

En Trondheim un arquitecto le dijo a su esposa que se había quedado con ganas de pedirse otra cerveza, pero no se iba a quedar con ganas de follársela por el culo.

En Manila un panadero metió su polla en un anillo de compromiso y cuando se le puso dura se murió de una trombosis.

En Sussex una abogada mató a un cerdo a machetazos delante de su novio y se olvidó de lo que iba a decirle.

En Buenos Aires una chica organizó un robo para hacerle una broma a su novio y los amigos la apuñalaron para hacerle una broma a la bromista.

En Múnich un ingeniero drogó a una amiga y cuando la chica se despertó se lo encontró llorando porque no había podido violarla.

En Miami una mujer le cogió el móvil a su hijo, le mandó una foto de su vagina a un amiguito y le dijo: «Si me la chupas te hago descuento».

En Jerusalén una mujer hizo el amor con su novia y cuando terminaron le confesó que sin artefactos explosivos debajo de la cama no se podía correr.

En Chandigarh un ferretero le disparó un dardo tranquilizante a un oso y después le meó la cara para que su prometida viera que no todos los ferreteros eran asesinos.

En resumen, no aprendimos ninguna lección. Seguimos siendo los mismos seres emocionalmente atrofiados. Seguimos siendo los mismos seres humanos.

La primera edición de
El arte de la resistencia, de
Nelson Galtero Barchetta,
se imprimió en Madrid
en agosto de 2024,
30 años después de que
un ordenador derrotara
al campeón mundial de
ajedrez, Garry Kasparov.